너의 모든 순간, 내가 곁에 있을게

나의 미라클, 나의 보리

최보람 지음

샘터

차례

사소한 것에도 감탄하는 너의 마음과
언제나 느긋하고 여유로운 너의 태도는
세상과 나를 더 많은 곡선으로 이어줄 것 같은 느낌이 들어.

단지 오늘의 공기가 좋아서 신나게 뛰고 있는
너는 온전히 지금을 살고 있구나.

아침에 마시는 커피가 제일로 맛있다.

우리 집 창가에서 바라본 버들강아지는
언제 저렇게 통통해졌는지 벌써 봄이 온 듯하다.

봄이 가져다주는 몇 가지 기억들.
십 년 전 보리를 처음 만났던 날도 봄이었다.

첫 반려견 '토니'가 세상을 떠난 지 오 년이 되던 해.
집에 도둑이 들어 가져갈 것도 없는 집을 엉망으로 만들어놓고 나갔다.
토니의 흔적은 희미해져 갔고, 집에 혼자 있는 건 무서웠다.
토니가 죽고 난 후 강아지를 마주칠 만한 곳은 일부러 피해 다녔다.

집 앞 대형마트 지하 일 층에는 동물병원이 있었는데,
에스컬레이터 바로 옆에 쇼윈도가 있어
쉽게 강아지들을 들여다볼 수 있었다.
나는 항상 그곳을 도망치다시피 지나가곤 했다.

하지만 그날은 왜인지 동물병원 안으로 들어갔다.

동물병원 안쪽으로 깊숙이 들어왔을 때
로비 한쪽 구석에 쳐 있던 철창이 눈에 띄었다.

"이 아이는 뭔가요? 주인이 맡겨놓은 건가요?"

구석에 앉아 있던 어린 코카스파니엘.

철창 앞에는 'SALE'이라고 적힌 종이가
무심하게 걸려 있었다.

그 아이는 병원에 온 지 육 개월이 지나도록 반려인을 만나지 못해
쇼윈도에서 밀려나고 밀려나 바닥으로 내려와 있었다.

게다가 일주일 전,
분양되었다가 다시 병원으로 되돌아왔던 파양견이었다.

아무리 그래도… 세일이라니…
대놓고 세. 일. 이라니
너무하잖아….

개월 수에 맞지 않게 작은 몸,
푸슬푸슬한 털,
힘없는 사지….

"이 아이, 제가 데려갈게요."

"어머, 손님. 이렇게 갑자기요?
이 아이는 한 번 분양되었다 돌아왔어요.
신중히 생각해주셔야 해요.
지금 데려가셨다가 다시 데려오시면 안 돼요."
"그럼요. 당연하죠."

이것이 우리의 첫 만남.

"이리온. 빨리 집에 가자, 아가."

흐린 하늘에
환한 무지개 하나가 생긴 날이었다.

"나는 보람이야, 최보람. 보라색을 제일 좋아해.
너는 아이보리 색이니까…
'아이'는 그렇고 '아보'도 좀 그렇고
'보리' 할래?"

보리를 집으로 데려온 그날 밤을 아직도 기억한다.

겨울과 봄 사이의 냄새,
턱 밑까지 파고들던 보리의 체온 역시.

내가 보리를 잘 '케어' 하는지는 모르겠다.
다만 이렇게 내 다리에 턱을 괴고 졸고 있는
보리를 보면 그런 생각을 한다.
'뭐, 이정도면 괜찮지? 너나 나나.'

작은 결정 하나도 쉽게 내리지 못하는 내가
그 짧은 순간, 보리를 데려오기로 결정했던 건
지금 생각해도 꽤나 '신묘'한 일이었다.

어쩌다 만난 우리가 가족이 된 것도 인연이라는 거겠지.

_어쩌면 인생은 작은 우연들이 만들어낸 것일지도.

우리는 같이 잔다.

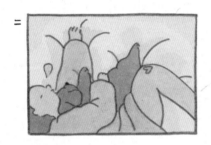

보리는 내 겨드랑이에 턱을 괴고 자는데

이 자세가 꽤나 안락하다.

보리를 껴안고 있으면 잠이 솔솔 오는데

그 느낌은 마치… 마시멜로우!

부드럽고 푹신한 그것.

'그래, 보리는 대형 마시멜로우.'

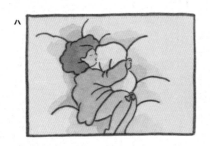

거대하고 푹신한 마시멜로우를 안고 자는 것 같다.

내가 너무 꼭 끌어안고 자는지

몇 번이고 잠에서 깨는 보리.
적극적으로 자기 의사를 어필하는 것 같기도 하고.
결국엔 자다 깨다를 반복하다 내 곁에서 떠난다.

아침에 일어나 보면 내 팔이 닿지 않는 다른 곳에서 자고 있다.

보리, 돌아와.

_컴 백!

나는 다른 음식은 잘할 줄 모르지만,
'기깔나게' 하는 음식 몇 가지가 있다.
완벽한 모양에 맛까지 갖춘 그런 음식.
송편, 만두 그리고 계란말이.

탁탁, 톡.
탁탁, 톡.

그릇에 사라락- 담긴 노랗고 봉긋한 계란.

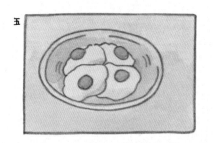

계란 네 개는 깨줘야
먹을 만한 계란말이가 나온다.

내 젓가락은
쉴 새 없이 휘리릭-

七

한 겹 한 겹 더할 때마다 포슬포슬하면서
폭신해지는 계란말이의 모습.

八

보리 역시 세월을 한 겹씩 더하며
몰라보게 튼실해졌다.

九

'흠… 부피가 늘었군. 부피가 늘었지.'

계란말이의 노란색은 따뜻하고 평화롭다.

잘 익은 계란말이처럼
따뜻하고 부들부들하고 폭신한 보리.
나는 뾰족한 사람이지만, 왠지 내가 만드는 계란말이는
너를 닮은 것 같아.

오늘 계란말이를 만들면서
나도 부드러워질 수 있겠다는,
그런 생각이 문득 들었다.

_계란말이를 먹을 동안은.

우리는 곧잘 나란히 엎드려
각자 평화로운 시간을 보내곤 한다.
소란스럽지 않고 안락하며 나에게 반드시 필요한 시간.
이런 평온한 순간에 꼭 대면하는 게 있는데…

사실 나의 보리는
방구쟁이다.

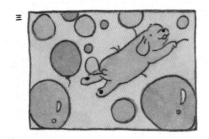

아늑한 정적을 터트리고 들어오는
보리의 방구 소리.

팡–
팡–팡

이 작고 앙증맞은 '미니 풍선 방구'는
분명 빨간색이리라….
귀여운 소리에 비해 거대한 파괴력.
공기가 주황색으로 물들어간다.

'너, 도대체 뭘… 먹은 거야….'

겨울에는 책상 대신 낮은 테이블에서 작업한다.
바닥에 전기장판을 깔고 테이블을 올려
얇은 이불보를 덮었더니 코타츠(일본 난방기구)와 꽤 비슷해졌다.

오래 앉아 있으면 무릎은 좀 아프지만,
나도, 보리도 따뜻하게 지낼 수 있으니 참 좋다.

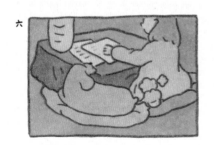

피시실-

고요한 시간에 찾아오는, 소심하게 긴 소리.

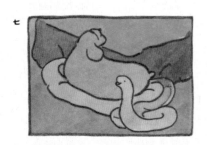

마치 노오란 뱀이 천천히 기어 나오는 소리 같다.
바닥을 스치며 담요 언저리를 맴도는 느낌.

이 노란 '방구 뱀'은 천천히 기어서 내 코까지 찾아온다.
낮고 무거운 누런 냄새….

'이 아이. 대, 대단한데….'

어느 오후, 간식 먹는 시간.

집 앞에 새로 생긴 핫도그 가게에서
핫도그를 가끔 사 먹는다.

내가 핫도그를 냠냠거리는 사이,

푸드득푸드득-

나를 해맑게 바라보며

보리의 엉덩이에서 새들이 날아오른다.
아마도 이건 파랑새.

'음… 거의 새 떼 수준이군.'

형형색색 방구를 뀌는 보리를 보면
우리 모두 비슷한 구조를 가지고 사는 생명이라는 생각이 든다.

먹고 나면 화장실에 가고 싶고
배 속이 가벼워지면 다시 먹고 싶고.
우리의 몸은 그렇게 단순한 구조로 되어 있는데
괜히 복잡하게 살아가고 있는 건 아닌지.

가끔은 그저 잘 먹고 잘 자는 것만으로도 충분한 날이 있다.
온전히 나를 돌보는 그런 시간들이
우리에겐 더 많이 필요한지도 모르겠다.

_방구, 참으면 병 돼요.

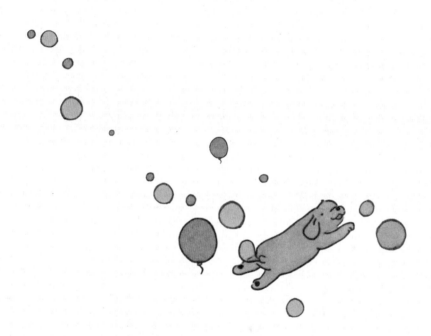

내가 원하는 시간에 눈을 뜨고 하루를 시작할 수 있다는 건
너무나 큰 행복이자 행운이다.
불확실한 기상 시간만큼 불안정한 하루가 버거울 때도 있지만,
나는 어쩔 수 없이 이런 삶이 좋다.

늘 하던 대로 커피를 내리고
빵 한 조각, 계란 한 알을 준비하는 게
보리와 나의 아침.

우리는 종종 밖에 나가
아침 식사를 한다.

보리의 경쾌한 발걸음.

신이 난 보리는 스텝을 밟는 것처럼
엉덩이를 들썩인다.

따뜻한 담요를 깔아둔 것처럼
뜨끈해진 바닥에 자리를 잡는다.

가만히 앉아 해를 쬐고 있으면
금세 숲속에 와 있는 듯한 착각이 든다.

七

빵 한 입 베어 물고 오물거리며
햇볕에 몸을 가만히 맡긴다.
햇볕을 좋아하는 보리와 나의 공동 취미생활.

八

빵과 커피, 계란뿐인 간소한 한 끼이지만
아침을 먹을 수 있는 것에 새삼 감사하게 되고

九

살짝 뜯어준 작은 빵 한 조각을
야무지게 먹고 있는
보리가 옆에 있다는 것만으로도

다시 한번 행복해진다.

온몸으로 해를 가득 받으면
몸 안에 배터리가 꽉 채워진 느낌이 든다.

이걸로 오늘 하루를 버틸 힘을 충전하는 것처럼.

짧지만 강력한, 아침 햇볕이 주는 햇볕 효과.

_물론 미라클은 매일 일어나지 않는다고 한다….

나는 반신욕을 사랑한다.
욕조는 내가 집에서 제일 좋아하는 장소이다.

따뜻한 물을 받아놓고 꽤 피곤한 날엔
아끼는 입욕제를 넣고 섞는다.
입욕제가 물과 섞이는 걸 보는 것도 반신욕의 큰 재미.

조금 피곤하기도 했던
보통의 어느 날.

 四

이날의 입욕제는 일본 목욕탕의 수건에서 나던
냄새와 비슷했다.
뭔가 달착지근하면서 옅은 현미향 같은….
아이보리와 분홍색 가루가 부드러운 분홍빛을 만들어냈다.

 五

"후아-"
물 온도, 딱 좋아.

가끔 내 안에 아저씨, 아주머니, 할머니, 할아버지 등등이 있는데,
이럴 때는 딱 아저씨.

 六

이 작은 욕조에 몸을 담그면
나만의 우주에 있는 것처럼 느껴진다.
따뜻하고 편안한 우주.
이 작은 우주는 어쩐지 부드럽고 포근한 이불 같아.

七

'아… 너무 좋아… 잠들 거 같아….'
잠이 온다.
잠이 온다.

잠이 든다.

八

잠시 온갖 꿈을 꾸면서 잠들었던 나는,

어느새 욕조에서 익어가는 중…?

九

핫!
너무 더워!

얼마나 시간이 흘렀는지 평화로운 우주는 사라지고
끓는 냄비가 되어버린 욕조.

'빨리 이곳에서 나가야 해.'

"아아아-"

반신욕을 하다가 잠들면 맞게 되는 결말입니다.
내 몸은 어쩌면 새빨간 한 덩이의 고기였는지도.

쿵쿵-
쿵쿵-

갑자기 달려들어서는
앙!

"아아!
아파, 아프다고!"
내 팔을 물고 있는 보리는

왜 꼬리를 흔들고 있죠…?
나, 햄입니까?

보리의 눈엔
내가 정말 햄으로 보이나….

_혹시… 나를 구하려 했다거나….

햇볕은 진하고 바람은 가볍게 서늘한 날.
오랜만에 맑은 공기가 달큰하게 느껴진다.
꾸물꾸물한 날에 꺼내고 싶은 그런 날씨.

그렇다면 자, 렛츠 고!

문을 열고 공원으로 나서는 보리의 미소는 해님 미소.
보리의 미소는 이런 날씨와 잘 어울린다.

평소 우리의 산책 코스는 빌라 한두 바퀴 정도.
집 앞 건널목까지는 웬만하면 건너가지 않지만,
오늘은 큰 공원까지 나가려 한다.

건널목을 하나 건너가면 나오는 동네 공원.
산책 나온 개들이 많다.

서로 반기고 탐색하며 친하게 지내는데,

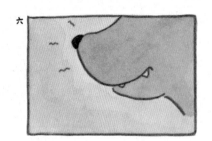

나의 보리는…

공원에 채 들어서기도 전에
잘 내보이지 않던 이빨을 드러낸다.

七

마치 몸 안에 '비상 단추'가 눌린 것처럼
누구도 반갑지 않은 듯한 기운을 내뿜기 시작한다.

八

공원에서 만난 사람들이 따뜻한 눈인사를 주고받는 사이,
저 멀리서 어린 요크셔테리어가
(세상 물정 모르고) 보리에게로 달려온다.

九

어느 누구에게도 위협이 되지 않는
이 작고 발랄한 영혼이 보리에겐 큰 변수다.

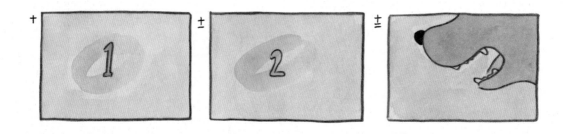

일 초, 이 초, 땡!

이렇게까지 성질을 부릴 필요가 있니···?
보리에게로 달려오던 해맑은 영혼의 아기 요크셔는 뒷걸음치고 만다.
아기 요크셔에게 느껴지는 실망감.
미안함은 옆에 있는 나의 몫.

보리는 어릴 적부터 사교적이지 못했다.

가족을 제외하곤 낯선 사람이나 개나 본인에게 다가오는 걸 허용하지 않았고,
평소 다른 개들과 어울리는 시간이 절대적으로 부족했다.

사실 나도 그런 편이니까.
보리 역시 그럴 수 있다고 이해했다.

그런데 요즘 녀석의 행동을 보면 겁이 많아 경계하는 느낌이라기보다
어딘가 미묘하게 '깡패 짓'이 느껴지는 것이었다.
한바탕 패악질을 하고 나면
그곳의 모든 개들은 보리에게 등을 돌리고 돌아선다.

그런데 이게 또 마음 한구석에 이상한 느낌을 가져다주는 거라.
그렇게 쫓아 보냈으면 혼자 잘 놀 것이지.

어째서 외로운 뒷모습으로
미묘하게 꼬리를 흔들고 있는 것이죠?
네?
그 모습에 또 한 번 찡.
서툰 애정 표현으로 친구들이랑 어울리지 못하는 아이를 둔
엄마의 심정이랄까?

오늘이야말로 제대로 짚고 넘어가보자.
이 엄마는 못 참아요.

자, 렛츠 고!

마음을 진정시키자, 우리 둘 다.

오고 가며 인사하는 동네 언니를 만났다.
보리에게 먼저 손을 내밀어준 동네 언니가
오늘따라 더 다정하게 느껴진다.

"괜찮아~"

다정한 기운을 듬뿍 담아 보리의 머리와 등을 만져준다.

웬일로, 웬일로!

보리 곁으로 다가오는 친구들.
'괜찮아 효과'인가?
보리는 한껏 싫은 표정으로 곁을 내어준다.

이때 적극적으로 다가오는 푸들 녀석.
보리의 냄새를 맹렬하게 킁킁거리며 맡아댄다.

근데 이 푸들… 예의가 없잖아!

보리는 푸들에게 반격의 '고양이 펀치'를 날렸다.
보리도 이 상황이 불편하겠지 싶어 그냥 내버려두었다.
푸들을 데려온 동네 언니에게 큰 사과를 해야겠구나 하고
마음의 준비를 하고 있는데….

자기 코를 푸들 이마에,
콩!

뭐지? 이 귀여운 반격은?

그러고는 푸들의 냄새를 맡기 시작.
여기저기 냄새를 맡더니 천천히 관심이 없어졌다.

그렇게 평화가 찾아왔다.

"얘들아."
동네 언니와 나는 학부모 모드가 되어 이런저런 이야기를 나눴다.
우리 아이가 이랬어 저랬어 하면서.

기지개도 켜고 이야기도 나누며
언니가 싸 온 도시락을 나누어 먹었다.
바람이 고슬고슬한 오후였다.

_언니의 도시락은 구운 주먹밥과 모닝빵 샌드위치, 계란말이, 연근 피클과 당근 조림.

나는 밖에 나가는 일보다
집에서 활동하는 시간이 훨씬 많은 사람이지만,
요즘 들어 회의가 많아지는 바람에
오전부터 집을 비우는 일이 종종 생기고 있다.

그 말은,

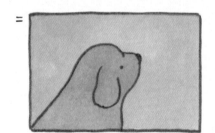

보리가 저 홀로 집에 있는 날이
많아졌다는 것이다.

보리를 뒤로하고 현관문을 나설 때면
음… 뭐랄까… 난 아이가 없지만, 아침에 아이를 맡기고 출근하는
엄마들의 마음이 이런 게 아닐까 생각하곤 한다.

그러다 문득, 이런 생각이 들었다.

어쩌면 보리는
내가 나가고 현관문이 닫히면

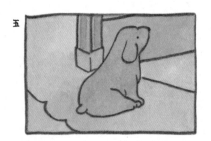

내 발소리가 점점 멀어지는 것을 확인하고

'드디어 나갔구나. 주인 여자는 당최 밖엘 나가질 않으니,
아주 죽겠구먼. 그럼 얼른 시작해보실까.'

그대로
스윽-
일어나

보리만의 하루를 시작하는 것이다.

먼저 부엌으로 가서 물을 끓이고

제 맘대로 냉장고를 열고는
맛도 없고 꼴도 보기 싫은 양배추는 쳐다보지도 않고,
평소 엄청 먹고 싶으나 주인 여자는 절대 주지 않는
소시지를 찾는다.

'커피가 참 맛있어. 인간만 커피를 좋아한다고
생각한다면 아주 큰 오산이지.'

커피 한 사발을 제 밥그릇에 따른다.
한잔 쭉 들이켜고 나면

과자 한 봉지를 들고 거실로 나온다.
우리 아부지가 늘 앉는 자세로 앉아서 티브이를 켠다.

간식이 없어지면 주인 여자와 그의 동생은
서로를 의심하기 때문에 괜찮다.

그러다 밖에 들려오는 큰 소리, 작은 소리에 맞춰
누구 눈치 볼 것 없이
한곡 시 – 원하게 씽어 쏭.

'이얏호 – 침대 위에 올라가야지.'

매트리스 위에서 점핑점핑 하다가
너무 신나서 저도 모르는 사이에 그만,

쉬야를 하고는

나는 모르오.
모르는 일이오.

그렇게 내 책도 보고 벽에 걸린 그림도 감상하다가

창밖을 보며 먹다 남은 과자를
마저 씹을지도 모른다.

십
구

나는 나간 김에 친구도 만나고 커피도 마시고,
은행 업무도 보고 모든 볼일을 마친 뒤
어둑어둑해져서 귀가했다.

'철컥.'

이십

조용한 집 안.
아직 아무도 들어오지 않았나 보다.

보통 보리는 가족들의 제각각 다른 발소리를 알아듣고
문 열기 전부터 현관 앞에서 팔짝팔짝 뛰고 꼬리를 흔드는데
이날은 어쩐 일인지 보이지 않았다.

이십일

"보리야~ 누나 왔어."

스탠드를 하나도 켜지 않은 집은 한밤중처럼 깜깜했다.
아차차-
빛도 소리도 없는 집 안의 적막이 온몸을 감싸자
보리에 대한 미안함이 목구멍까지 가득 차올랐다.

보리는 안방에 깔아놓은 이불 위에서
온종일 자고 있었던 듯싶다.
눈꺼풀까지 부은 얼굴로 나를 쳐다보는 보리.

"미안해~"

내 상상이 무색할 만큼 방 안에서 조용히 자고 있는 보리를 보니
괜히 마음 한쪽이 욱신거렸다.

실제로는 그랬다.

내가 현관문을 나서고 나면 보리는 뒤돌아서서
몸을 따뜻하게 해줄 이불을 찾아 아무도 없는 안방에 들어와
내가, 혹은 가족 중 누군가 올 때까지
깜깜한 집에서 잠을 잤다.

보리의 하루는 계속
같은 시간이었을 것이다.

온 집 안에 불을 켜고 티브이 볼륨을 높게 틀었다.
샤워를 하고 나와 소파에 앉으니
다시 초롱초롱해진 두 눈으로 나를 올려다보는 보리.

'어디 나갔다 왔어? 언제?'
아무것도 기억하지 못하는 해맑은 눈으로.

나는 보리를 안아주지 않을 수가 없었다.
미안하다. 사랑한다.
많이.

_어둠 속에서 밥은 다 먹었더라고.

주말 아침, 보리는 일찍 일어나
동거인을 깨워야겠다는 마음을 먹는다.

스윽 다가와, 내 얼굴 이곳저곳 냄새를 맡기 시작한다.

미묘하게 거슬리는 데시벨로
간질간질 쿵쿵거리며 숨을 내뱉는 보리.

멀찍이 나를 지켜보는 보리의 끈질긴 시선에
그만 일어나지 않을 수 없다.

내 주말 잠을 깨우는 보리의 이 방법은
오기가미 나오코 감독 영화 〈안경〉의 한 장면을 생각나게 한다.

주인공 사쿠라는 일 년에 한 번씩 같은 여관을 찾아
그곳에서 생활하며 여관 일을 돕는다.
그녀는 아직 잠에서 일어나지 않은 또 다른 투숙객,
(쉼이 필요해 전파도 닿지 않는 곳으로 휴가를 온) 타에코를
아무 말 없이 바라보며 깨기만을 기다린다.

누군가의 (불편한) 시선에 잠이 깬 타에코는,
사쿠라 씨의 그런 배려가 맘에 들지 않고 불편하다.

왠지 알겠는 그녀의 마음.

"저를 (더 자게) 내버려두세요."

영하권으로 온도가 떨어졌지만, 햇볕이 쨍한
이런 날엔 좋아하는 카페를 목적지 삼아 산책을 나간다.
입에서 하얀 숨이 나오는 걸 보니
본격적인 겨울 안으로 들어온 듯하다.
나와 보리는 함께 하얀 숨을 내뿜으며 걷는다.

가쁜 숨이 목까지 차오른 우리 앞에
'계단 산'이 나타났다.
저길 다 올라가면 폐가 찢어질 수도 있지 않을까.
그래도 저길 올라가야 그 카페에 갈 수 있는데….

그런 생각을 하다 보리를 보는데

여지없이 황금 미소로 웃어 보이며 나를 올려다본다.
'자! 가자 동거인이여~ 어서 나를 들거라.'

이 표정은 마치 아랫사람 부리기를
게을리하지 않는 대감마님.

고운 옥색 한복을 입고 한 손엔 부채를 쥐고
늙은 구렁이처럼 대문을 밀고 나선다.

'자, 가자.'
'네~ 마님.'

후들거리는 팔을 간신히 붙들며 보리를 땅에 내려놓자마자
보리는 온몸에 에너지가 가득 충전된 듯 가뿐하게 달려간다.
'대감마님, 좀 쉬… 쉬었다 가시죠….'

대감마님은 아랫사람 사정 따위 듣고자 하지 않는다.

다행히 내 폐는 찢어지지 않았고
목적했던 카페에서 커피 한 잔과 슈크림 한 개를
맛있게 먹고 돌아왔다.

나도 씻고 보리도 씻고 개운한 마음으로 거실에 앉았다.

탁- 탁-
내 손톱을 자르다가
보리의 발톱을 자른 지 꽤 되었다는 사실이 문득 떠올랐다.
강아지 전용 발톱깎이를 사두었지만,
아직까지 한 번도 사용해본 적이 없다.

十六

왜냐하면 발을 잡고 발톱깎이를 들이댈 때마다

十七

보리는 처키의 모습을 드러내는데…
그때마다 나는 정말로 심한 공포를 느끼는 것이다.

十八

이와 같은 이유로 발톱깎이를 사두고 아직까지 한 번도
사용하지 못한 채 병원에 가서 발톱을 깎고 있다.

_표정에서 넌 이미 칼을 물었었어.

몸이 천근만근한 날이 있다. 잠을 자도 풀리지 않는, 그런 날.
마치 어깨 위에 곰 한 마리가 올라와 죽치고 있는 듯하다.
너의 이름은 바로 '피곰'.

너 많이 무거워. 진짜 무거워. 저리 가줄래?

피곰에 깔려 있는 와중에 눈에 들어온 보리.

오늘따라 유난히 꼬질꼬질해 보인다.
생각해보니 목욕을 한 게 아주 오래전인 듯한 느낌이 드는데…
아닌가, 내 착각인가. 지난주에 했나?

여 - 엉 - 차.
목욕하러 가자.
이래 꼬질꼬질하면 곤란하다.

어그적어그적.
피곰을 등에 업고 보리를 안고 마침내 욕실 입성.
보리는 목욕하러 가는 그 '바이브'를 알아서일까.
욕조 안에 내려놓으면 무척이나 얌전하다.
목욕하는 내내 말을 잘 들어주는 착한 아이.

보리는 여섯 살 이후부터 쭉 피부가 좋지 않다.
병원에서 매주 지어온 약을 하루 한 번씩 먹어야 하고,
타고난 예쁜 털을 길게 기를 수 없게 되었다.

더 나빠질 수도 있다는 의사 선생님 말에 목욕할 때는 더욱 신경이 쓰인다.
욕조에 피부에 좋은 약초, 오일 등을 넣고 샴푸 전에 십 분 정도 반신욕을 한다.
예고 없이 목욕을 하게 된 보리는 다소 불만을 가진 듯이 보였지만,
적당히 따뜻한 물이 받아지자 배를 쭉 깔고 앉더니

금세 아저씨 소리를 내며 꾸벅꾸벅 존다.

한약 같은 건강한 냄새가 솔솔 올라오고
습기를 먹은 피곰은 더욱 힘이 세져 나를 누르는데…

탕에 너무 오래 있으면 피부에 더 안 좋기 때문에
반신욕 할 땐 시간을 잘 지켜야 한다는
의사 선생님의 말이 나를 번쩍 깨운다.

다행이다. 십 분 지났어.
'이제 그만, 씻을까?'

세신사가 된 느낌으로 머리부터 발끝까지
꼼꼼하게 야무지게 버블버블.

'손님, 시원하세요?'

두 가지의 약 샴푸가 끝나면 개운하게 씻어버리기.
앗, 꾸정물…
꾸정물을 보니 꼬질꼬질해 보였던 게
느낌만은 아니었나 보다.
보리는 대들지도 않고 여기저기 돌아다니려 하지도 않지만,

수건으로 물기를 닦아낼 때쯤이면
어깨 위에 피곰이 두 마리로 증식한 느낌이 든다.

저, 어깨가 좀 많이 뻐근한데요….

위이이이잉-
드라이기로 물기 건조.

그사이 피곰은 계속 증식하는 중…
보리의 털을 말리고 나면 확실하게 세 마리.

나는 꼼꼼하게 말려줬다 생각하는데
보리는 이불로 후다다다닥-

그러고는 드라이기로 몸을 말린 적도,
말려본 적도 없다는 듯이
말도 안 되는 웨이브를 시연한다.

좀 억울한 느낌이 들지만,
확실하게 반짝반짝해진 보리를 보니,
너무 뿌듯하긴 한데…

나는 땅으로 가라앉을지도 몰라.

_피곰. 생긴 건 귀염둥이.

보리를 보며 느낀 것 중 하나는, 아마 녀석은 끝없이
넓은 모래사장에서도 (냄새나는) 바늘을 찾아낼 수 있을 거라는 것.
개가 냄새를 잘 맡는 건 당연한 이야기겠지만,
나는 종종 '냄새만큼은 이 아이를 절대 속일 수 없겠다'고 생각한다.

그만큼 보리는 개코 중의 개코.

어쩌면 보리는 창가에 엎드려 하루하루를 시간이 아닌,
냄새로 구별하고 있는지도 모르겠다.
바깥의 풍경도 창 넘어 들어오는 냄새로 구경하고 있겠지.

보리가 맡는 풍경에는 무슨 냄새가 날까.

날이 따뜻해지기 시작한 어느 봄,
(왔다네, 왔다네, 내가 돌아왔다네~)

겨울을 지나 바람을 타고 들어온 익숙한 냄새.

보리는 그 냄새를 맡았다.

예전부터 보리는 비둘기와의 관계가 좋지 않다.
(비둘기는 어떨지 모르지만)

보리에게 비둘기란 참새와 달리 참을 수 없는 존재.

집 앞에 조용히 앉아 있던 비둘기.
(너는 이미 들켰어)

내가 뭘 어쨌다고요. 구구구구-
이렇게 화를 내시나요. 구구구구구-
그냥 조용히 앉아 있었는데. 구구구구구구-

잠시도 비둘기가 저 가까이에 있는 꼴을 보지 못하고
멀리 보내고는 무척 만족스런 얼굴로 돌아서는 보리.
나는 다시 한번 생각한다.

'역시 개코 중에 개코.'

물 먹은 스펀지처럼 누워 있던 보리는,
내가 나갔다 돌아오면

(홀라~ 세뇨르~ 세뇨리따~)
'어멋! 이 버섯 행진 냄새는?'

나를 온몸으로 반기는데,

외출할 때 신은 양말을 그렇게나 좋아한다.
벗어줄 때까지 발 언저리를 박박 파기 시작하는데,
'이 버섯 집, 내 거야!'

이게 꽤 아프단 말이다.
"아, 알았어. 주… 줄게."

나는 허겁지겁 양발을 벗어준다.
(거참, 부끄럽네)

보리는 빼앗은 양말을 입안 가득 야무지게 물고
기분 좋게 나를 올려다본다.

뭐! 어쩌라고.
나는 이해할 수가 없다.

나는 안 반가워도 양말은 반가운 건가.
양말을 물고 이불로 가서는

획득한 전리품을 물고 잠이 든다.
잠든 아기 손에서 장난감을 빼놓듯 잠든 보리의 입에서
냄새나는 양말을 빼놓는다.

사실 보리의 후각 능력은 여기서 끝이 아니다….
더러운 이야기를 또 해야겠다.

모두가 잠든 밤, 온 집 안이 조용해진 시각.

아무도 모르게 어둠 속에서 '용 장군'이 유유히 등장한다.
다른 가족에게는 힘이 없는 용 장군이지만,

보리에겐 맹렬한 공격을 퍼붓는다.

용 장군에게 사정없이 공격당한 보리는
처참한 기분으로 비몽사몽 냄새의 근원지를 찾아낸다.

화장실 문을 열고 들어와
내 앞에 앉는 보리.

'나 깼어. 빨리 좀 끝낼 수 없을까?'

굳이 여기 와서 졸고 있는 보리.
(나 마음 급하게)

미안, 저녁을 많이 먹었어.
(자꾸 부끄럽네)

개코와 함께 지낸다는 것은
그 앞에서는 민낯으로 살 수 있다, 라는 것.

나는 꽃과 나무 냄새를 좋아하는데
보리는 산책하러 나가서도 그런 것에는 전혀 관심이 없다.

아무래도 그에게는 확실한 자기만의 취향이 있다.

_그러니까 꽃보다 양말.

벚꽃이 만개하고 세상이 분홍빛으로 넘치는 봄.
꽃 사이를 다이빙하듯 날아다니는 꿀벌이라도 된 것처럼
내 마음은 좀처럼 가만히 있질 못한다.

'좋았어. 우리 오늘은 뒷산에 벚꽃놀이 가자.'

집에서 이십 분만 걸어가면 나지막한 산이 나온다.
일 년에 한두 번 나는 이 산에 오른다.

보리와의 등산은 처음이었지만,
날씨에 힘을 얻어 그런지 자신 있었다.

화려함과 단아함이 어우러진,
잘 그려진 그림 안에 들어와 있는 기분.

집 앞을 산책할 때에는 꽤나 신경질을 부리던 보리였지만,
웬일인지 주변의 사람에게는 전혀 관심을 보이지 않고
숙련된 등산가처럼 자신의 등산길에만 집중했다.

등산, 이거 나쁘지 않은데?

참 예쁘고 향기로운 길.

七

그렇게 걷고 또 걸으니 숨이 차오르고 땀이 난다.
우리 가족은 이 산을 분명… 할머니들도 거뜬히
오르내릴 정도로 쉬워서 '할머니 동산'이라 부르는데
이렇게 멀고 높았나?

八

가던 길을 멈추고 싸온 물을 꺼내 꿀꺽꿀꺽 마셨다.
목구멍까지 올라오겠다는 심장을 다시 내려보냈다.

九

보리도 심장이 목까지 올라왔단다.

그래, 나만 힘든 게 아녔어.
함께하는 파트너에게 얻는 작은 위안.

산을 오를 때 너무 오래 쉬면 다시 오르기 힘들다는
말이 떠올라 다시 걷기 시작.

걷는 게 조금씩 버겁게 느껴지기 시작할 무렵,
말해 뭐해. 이쪽도 상황은 비슷하다.

눈앞에 널찍한 바위가 보인다.
"우리 일단 저 바위까지만 가서 쉬자!"

후다다닥-

후아-

별거 아닌 거 같은데 힘든 산이었어.
엉덩이를 앉히니 딱딱한 바위가 안락한 소파 같네.

집을 나설 때 제일 먼저 챙겼던 보온병에는
정상에서 느긋하게 마시려고 따뜻한 아메리카노를 넣어왔다.
하지만 지금 나에게 뜨거운 커피 따위…
정말 '쓸데없다'라는 말을 이럴 때 쓰려고 있나 보다.

아, 목말라.

빈 물병을 입으로 탈탈 털어보지만
없는 물이 나오나.

에잇, 모르겠다. 없으니까 참는 수밖에.

넓은 바위 위에 벌러덩 누워 올려다본 하늘.

그동안 미세먼지로 그득했던 하늘이
오늘은 신선함으로 가득 차 있다.
그래도 맑은 하늘을 만나니, 오길 잘했다고 생각한다.

땀이 식어 바위의 차가움이 느껴질 무렵.

"자, 이제 다시 올라가볼까?"

"… 뭐?"

"렛츠 고!"

쉬었으니 다시 올라가야지.

'나는 가고 싶지 않아요.
걷고 싶지 않아요.'

여전히 내려갈 마음이 없는 보리.
나는 보리를 달래보지만,

'나는 가고 싶지 않아요.
걷고 싶지 않아요.
가려면 너 혼자 가세요.'

"너 안 움직일 거야? 여기 계속 있을 거야?
너 혼자 여기서 살 거야? 누나 혼자 간다?"
후-

혼자 가는 시늉도 해보고 싸늘하게 돌아서는 연기도 해보았지만,
거들떠보지도 않는 보리.
정말로 조금도 움직일 생각이 없는 거다.
꽤 올라왔는데, 집까지 안고 가기에 너무 무거운데….

"가방에 들어올래?"

"정말?"

그냥 한번 해본 말인데….

가방에 넣으니 버둥거리지도 않고
옳타구나 하고 가만히 있는 보리.
여기 더 앉아 있다간 내가 졸려서 꼼짝 못 할 것 같으니,
일단 이렇게 가보자.

보리를 배낭에 넣고 겉옷에 달려 있던
허리끈을 풀어 가방과 보리 가슴 쪽을 졸라 묶고
보리 산책 줄로 배와 배낭을 다시 한번 단단하게 고정해서 묶는다.
이렇게 두 번 묶으니 보리를 땅에 떨어뜨릴 일은 없지 싶다.

끙차- 그때부터 시작된 오늘의 진짜 하이라이트.

보리를 업고 내려가면서 처음 깨달은 사실은
내리막길이 오르막길보다 힘들다는 것.

다리는 이미 내 것이 아닌 듯 후들거리고.

게다가 주머니에서 자꾸 떨어지는 이 보온병.

보리 외에는 배낭에 어떤 것도 담을 수 없어
주머니에 넣고 걷다 보니
얼마 못 가 자꾸 땅에 떨어지고 말았다.

자동으로 앉았다 일어났다 반복하게 되었다.
이 와중에도 보리는 등에서 무척이나 안정적으로 쉬고 있다.

'저 고객님, 승차감이 좋으신가 봐요.'

'(이느무시키) 내가 너랑 다시 산에 오나 봐라!'

"으아!"
배낭을 마룻바닥에 내려놓으며
내 목에서 올라온 괴성에 스스로 놀랄 정도.
사람이 극한에 닿으면 못 낼 소리가 없구나.

배낭에서 나와 팔랑팔랑 뛰어가는 저 진상!

며칠간 트레킹한 사람의 옷도 이보다 깨끗할 거다.
옷을 짜면 소금이 나올 것 같던 티셔츠.

세탁기에 옷을 넣어두고 나는 거실에서 담요를 안고 잠이 들었다.
한숨 자고 일어났더니, 보리는

'사람이 낮잠을 왜 그렇게 자냐'는 표정으로 나를 보고.

_도대체 누가 할머니 동산이라 그랬던가.

비가 온다.

솜사탕같이 가볍던 구름에서 물이 끝도 없이
쏟아지는 걸 보면 신기하기만 하다.

젖은 스펀지처럼 내 몸도 축 처지고.

햇볕에 쨍쨍하게 말리고 싶은 하늘.
청소기로 저 비구름들을 다 빨아들이고 싶다.
(아… 아무것도 하고 싶지 않아…)

마침내 시선 끝에 들어온 보리의 뒷모습.

四

대체 이 녀석은 무슨 생각을 하고 있을까.

五

저건 분명 무슨 생각을 하는 뒷모습인데.
어딘가를 지그시 응시하는 보리.

六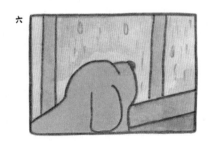

킁킁 냄새를 맡기도 하고

七

턱을 괴고 다시 어딘가를 하염없이 바라본다.

八

나는 궁금함을 참지 못하고
보리 곁으로 슬쩍 다가간다.

九

"뭘 보는지 같이 보자."

그는 내가 옆으로 온 게 맘에 들지 않은 모양이다.

나는 순간,
보리를 방해했다는 느낌을 받는다.

보리는 역시나 조금의 망설임도 없이 일어나

나의 기운이 닿지 않는 저 멀리서
또다시 혼자가 된다.

앗, 미안해.
혼자 있고 싶은 거구나.

다시 어딘가를 바라보는 보리.

나는 오늘도 네가 무슨 생각을 하는지
전혀 알아차리지 못했지만, 한 가지는 분명히 알겠다.

너 역시도 방해받고 싶지 않는,
혼자이고 싶은 날이 있는 거다.

혹시나 어디 아픈 건 아닐까 걱정했지만,
잘 먹고 잘 자고 똥도 잘 싸고
먼저 내 곁에 다가와 무릎을 베고 있는 걸 보면
아픈 건 아닌 거 같다.
다행이야.

_누구나 가끔은 혼자가 되는 시간이 필요한가 보다.

거의 칠 년 만에 새로운 산책 조끼를 장만했다.
두께감도 톡톡하고 마감도 잘 돼 있어
편안하게 오래 입힐 수 있을 것 같다.

'역시 사길 잘했어.'

저녁을 먹고 나왔는데도 날이 차가워지니 금방 배가 고파진다.
꾸르르르륵-

춥고 배고파….
당장 집으로 들어가고 싶어졌다.

그래도 연휴라 그런지 꽤나 한적해서 밤 산책하기는 참 좋았다.

가게들도 하나씩 문 닫을 준비를 하는데…

어라?

문 닫을 준비가 거의 끝난 것 같은 곱창집 앞.
초라한 행색의 길고양이 한 마리가
소심하게 가게 안을 삐쭉삐쭉 들여다보고 있었다.

가게 안으로는 들어가지 못한 채 문 앞에서
야옹야옹-

털 상태도 엉망인 고양이.
배가 많이 고픈 모양이다.

나는 평상시 큰 가방에
약간의 사료와 종이컵, 물을 가지고 다닌다.
그런데 중요한 순간에 필요한 게 없는 것은 왜일까.

가지고 다닐 때는 고양이 한 마리 마주치지 않다가,
꼭 없으면 이렇게 필요하다.
하필이면 이런 날, 너를 마주하다니….

배도 많이 고픈 거 같고 목도 마를 테고.

"아, 어쩌지…."

머릿속에는 '굶어 죽는 길고양이들', '사면초가의 도시 고양이',
'길고양이들은 깨끗한 물을 마시지 못해 죽는다' 등등
안타까운 헤드라인들이 떠오르기 시작한다.

발만 동동 구를 뿐 정작 도움이 필요한 순간,
아무런 도움을 주지 못했다.
한없이 아쉬워하며 길고양이를 지나쳤다.
니는 여진히 뭘 어떻게 도와줄 수 있는지 잘 모르는구나.
돌아오는 내내 스스로를 자책했다.
보리는 차가워진 밤공기에 마냥 신났고.

뒤늦게 안 사실은 그 가게 아주머니가
매일같이 늦은 저녁, 동네 길고양이들 밥을 챙겨주셨다.

사랑이라는 게 별거 있을까.
지나가는 배고픈 고양이에게 먹이를 건네는 것.

세상에는 끔찍한 일도 많지만,
이렇게 작은 사랑이 도처에 존재한다.

_돌아가는 길에 사료도 더 부어주고 물도 새것으로 갈아줘야겠다.

나는 아주 일찍 혹은 아주 늦게 잠자리에 드는데,
읽던 책을 마저 덮지도 못하고 그대로 스르륵 잠이 드는 편이다.

그런데 책을 보고 또 봐도,
잠이 오지 않는 그런 날이 있다.

불을 끄고 깜깜했던 천장이 어둠 속에서 슬그머니 밝아지면
멍하니 천장을 올려 보다가,

여전히 생생하게 남아 있는 오래된 기억이 떠오른다.
아무도 모르는 감정들이 그대로 침대 위에 쏟아진다.

낡은 장면들 위로 불안이 겹쳐져
벼랑 끝으로 나를 밀어낼 때면
도무지 뭘 어떻게 할 수가 없어 눈물만 난다.

七

옆에 누워 있던 보리는
가만히 나를 쳐다본다.
마치 내가 충분히 울 때까지 기다리는 것처럼.

八

그림자처럼 지켜보던 보리는
어느 순간, 다가와 냄새를 맡는다.

닭똥같이 흐르는 내 눈물 냄새를.

九

내 얼굴에
발을 올리는 보리.

그건 아마도
'이제 그만해'라는 신호.

개의 발바닥 냄새는 뭐랄까…

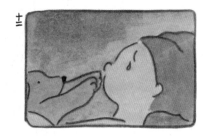

텁텁하지만 '꼬소'하고 따뜻하다.

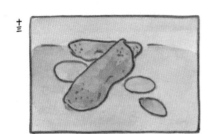

잘 구운 땅콩 같은.

보리의 발바닥은 마음 안쪽 구석까지
안심이 되는 그런 냄새가 난달까.
말로는 잘 설명이 되지 않는 묘한 힘이 있다.

보리 발에 코를 대고 있으면
"괜찮다, 괜찮다."

땅콩 요정들이
괜찮다고 토닥토닥.

그래… 괜찮다….

괜찮아….
괜찮아….

_언제 내가 울었었나. 꿀잠. 숙면. 딥 슬립.

보리는 아무 데나 자기가 원하는 곳에
배변을 해왔다.

하지만 가족 중 누구도 보리의 배변 활동에 대해
불만을 품지 않았다.

자연스러운 본연의 모습으로 살아가는 게
가장 행복하리라 생각했고

'훈련'을 해야 한다는 것 자체가 부자연스럽게 느껴졌다.
무엇보다 보리의 똥오줌 치우는 것에 아무도 짜증을 내지 않았다.
똥오줌 따위로 화를 낼 순 없다.

이 아이는 천사니까.

그렇게 몇 년이 지났고
보리의 배변 방식이 이슈로 떠오른 건
나무로 된 마룻바닥이 망가지면서부터.
바닥이 뜯어지기 시작한 것이다.
어떤 부분은 아주 뾰족하게.

그러다 내 엉덩이에 가시가 박힌 사건이 일어났고(절대 잊을 수 없어).
이 문제를 해결해야만 했다.
마루를 어떻게 할 것인지, 보리에게 뒤늦은
배변 훈련이라는 것을 시킬 것인지.

가족 모두 이 말을 꺼내놓고도, 이제 와서
배변 훈련을 시키다니 이건 앞뒤가 안 맞는 말이라고 입을 모았다.
"할 거면 진작에 했어야지. 이건 전적으로 우리 잘못이야!"

그러던 와중에
강아지 배변에 대한 방송을 보게 되었다.

내 머리에 각인된 것은 바로,
보상해주기.

'그래, 훈련이 아니라 시도를 해보자.'

배변 기저귀를 깔고 보리를 화장실로 유도했다.

몇 번의 시도 끝에 냄새를 맡고 화장실 언저리로 달려온 보리.
나는 그 자체만으로도 보리가 기특했다.
(천재인 줄)

그러던 어느 날,
드디어 화장실에 쉬-

끼아호! 오 마이 갓!

집 안이 쩌렁쩌렁 울리게,
"보상!"

十三

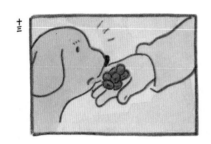

보상으로 사료를 주었다.
(별거 아니어서 미안해)

十四

냘름 잘 받아먹는 보리.
보리에겐 사료도 너무 맛있다.

그렇게 '미라클'은 일어나기 시작했다.

十五

그날 이후 보리는 자기가 원할 때마다
모든 배변을 화장실에 하기 시작했다.

十六　十七　十八

이렇게까지 빠르게 습득하다니.
가끔은 그냥 들어갔다 나와서 나를 속이기까지 한다.
그런들 어떠하리. 나는 항상 큰 소리로, "보상!"
배변 훈련이랄 것도 하지 않았는데 보리는 이제 화장실에서 배변을 한다.

예전에 예뻐서 사두었으나
깔아두지 못했던 카펫도 드디어 제 몫을 했다.
만세!
결과적으로 마룻바닥은 교체하지 않았다.
우리 아부지는 큰돈 나갈 일이 없어지자 매우 기뻐하셨다.
괜히 '훈련'이란 말에 내가 쫄고 있었던 거지,
보리는 너무나도 쉽게 몸에 익혔다.
오늘도 반성.

_근데 어떻게 그렇게 자주 화장실에 갈 수 있지? 하루에 보상이 몇 번이야?

내 머릿속에는 물뱀이 산다.

이 물뱀의 정체는 아주 고질적인 편두통.
열네 살 때부터 나를 괴롭혀온, 무척 고약한 놈이다.

이 물뱀은 영원히 지속될 거 같은 고통으로
나를 쓰러뜨리곤 아무것도 못 하게 만든다.
그렇게 꼬박 대여섯 시간 정도 견디고 난 후에야 스멀스멀 사라진다.

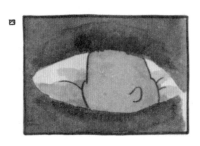

머릿속이 뜯겨져나갈 것 같은 새벽을 견뎌
잠시 잠이 들었다가 눈을 떠보면,

시야에 들어오는 익숙한 오브제.

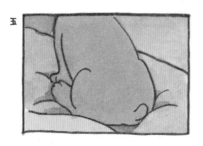

매일 문질문질 해도 질리지 않는,
'좋은 아침'이라고 말하는 것 같은
보리의 엉덩이.

밤새도록 머릿속 물뱀과 씨름하다
보리의 다정한 엉덩이를 볼 때면
겨우 더 잘 수 있을 것 같은 마음이 든다.

七

아버지와 동생은 아침 일찍 출근하기 때문에
우리 집은 이른 새벽부터 밥 냄새로 가득하다.
갓 지은 밥 냄새와 너의 엉덩이.
이 모든 게 너무 안심돼.

八

불안이라는 담요를 요리조리 덮고 지내는 나에게
이따금씩 허락되는 '안심'이란 단어.

보리가 내 팔에 턱을 걸치면, 잠잠해진 나의 뇌에 말을 걸어본다.
'아, 이제 살겠다. 나 정말 괜찮아진 거 같아.'

九

집 밖에서도 일찍 출근하는
이웃들의 소리가 들린다.

민첩하고 용맹한 보리는 작은 소리도 놓치지 않는다.
찌릿찌릿 저리기 시작한 나의 팔도
이때를 놓치지 않고.

보리는 아주 작은 소리에도 뒷다리까지 쭉 뻗어
엉덩이의 모든 근육을 이용해 자신이 화났음을 말한다.
마치 엉덩이에서 눈코 입이 보이는 것 같은 그런 기분.

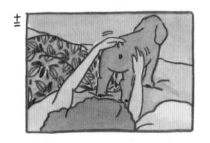

보리의 엉덩이를 달래본다.
"보리야 괜찮아~ 아이고, 아침부터 씩씩하기도 하지."

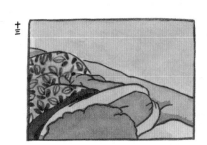

빠른 수긍.

자! 우리도 일어나서 아침 먹자.
오늘 아침은 든든하게 먹는 편이 좋겠어.

보리의 배꼽시계는 나의 반복적인 행동에 반응하고

엉덩이를 춤추게 한다.

그래,
아침밥은 좋은 거 맞아.

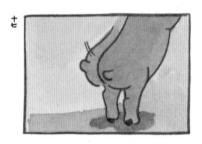

행복함이 느껴지는 엉덩이를 보며
나도 쌀밥을 먹는다.

어쩔 수 없이 괴로운 상황을 받아들여야만 한다면
나는 반대로 좋아하는 걸
더 많이 좋아하고 싶다.

오늘 아침, 내가 좋아하는 것은
풍선 같은 너의 엉덩이.

_그리고 가끔 내 눈에 보이는 귀여운 핑크 돼지.

활기찬 아침이 바삐 지나가면 동네가 텅 빈 것처럼 한적해진다.
나와 보리는 이 시간을 오롯이 즐기며 산책한다.
나는 아무도 없는 이 시간의 산책을 좋아하지만,
어쩐지 산책 나올 때마다 마주치는 개 한 마리 없는 게
가끔 보리에게 미안한 마음이 들곤 한다.
보리가 사교적이지 못한 데에는 다 이유가 있지 않나 싶고.

"아무도 없지?"
어깨 끈을 풀어줘도 괜찮을 만큼 이 시간에는 사람이 없다.

"자유야, 아무도 없어. 마음대로 돌아다니렴!"

막상 보리는
멀리 가지 못하고 내 주변만 서성인다.
"나는 책 읽을 거야."

내가 책을 볼 동안 보리는 혼자서도 잘 논다.
어떻게 잘 노는가 하면.

바스락바스락-

입에서 뭔가를 물고 나오길래 봤더니

"오호- (다 썩은…) 공이네!"

읽던 책도 한고비 넘기니 눈을 뗄 수 없고
방해 없이 쭉 읽고 싶은 마음이 굴뚝같지만,

그사이 또 무언가를 찾아온 보리.

이번에는 초등학생 필통에 있을 법한 캐릭터 자를 물고 나왔다.

"이야- 어디서 이런 걸 자꾸 찾아오는 거야?"

보리의 머리를 쓰담쓰담 해주고는
다시 책 속으로 복귀.

†

보리는 그만의 세계에 빠져 잘 논다.
이럴 땐 혼자서도 잘 놀아 다행이다.

±

열심히 탐색 중인 보리에게
응원하는 마음으로 물을 챙겨준다.

±

"자, 이제 슬슬 사람들이 지나다닐 거 같으니까.
조끼 입자."

보리의 조끼와 어깨 끈을 챙기다가
주변의 쓰레기 더미를 발견하는데,

十三

코 푼 휴지, 썩은 탁구공, 담배꽁초.
백 년은 된 거 같은 자석. 귤껍질.

'흠… 취향 왜 이 모양인데….'

十四

그런데 참 제법 모았단 말이지.
정말 탐색한 거 맞네.
주섬주섬 모아놓은 게 코 푼 휴지여도, 내 눈에는 참으로 귀엽다.
그렇게 한참을 쪼그리고 앉아 보리의 취향을 감상하다가
다리가 저려 그만….

十五

배변 봉투로 가져 나온 봉투에 오늘의 수집품들을
모아보니 제법 묵직하네.

보리의 귀여운 수집품들. 자, 고 투 더 트래시 캔.

_쓰레기는 쓰레기지.

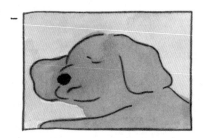

낮잠에 든 보리.

그 모습은 정말 천사 같다.
부드럽고 사랑스러워.

천사 같은 모습과 다르게
보리의 코 고는 소리는 정말 대단하다.
눈 감고 들으면 아부지가 옆에 계시는 것 같달까.

이륙하는 비행기 소리.

이륙장에 온 것 같아.
쿠앙-
푸슉-
비행기가 올라갔다 내려간다.
매일같이 푸르른 하늘을 날아올라.

보리기, 이륙 완료.

七

무사 비행 중.

八

비행기 몇 대씩 공중에 띄워놓고
꿈속에서 행복한 보리의 눈썹은 들썩들썩,
입은 냠냠냠.
맛있는 걸 먹는 꿈을 꾸나 보다.

九

그렇게 한낮의 비행기가 안정권에 접어들었습니다.
자동모드로 전환합니다.

_들숨날숨 소리에 같이 나도 잠들고.

보리는 내가 요가매트에 앉았다 하면
같이 궁둥이를 붙이고 앉기를 원한다.

오늘도 나의 곁으로 스윽 다가와 뒤에
바짝 붙어 앉는 보리.

"다리를 펼 수가 없어 조금만 옆으로 가줄래…?"

보리를 밀어내자마자

四

다시 등에 업히지 않나.
팔 밑으로, 다리 밑으로 들어오질 않나.

하…

五

그런데 이 녀석… 가만보니…

六

잠잘 때도 나는 점점 침대 끄트머리로 밀려나는데,

처음에는 서로 비슷하게 침대를 공유하다가
보리가 엉덩이로 밀고 들어오는지
나는 결국 침대 끄트머리를 붙잡고 자게 된다.

七

"조금만 저쪽으로 가 있어."

반강제적으로 보리를 요가매트 밖으로 밀어내본다.

八

하지만 곧바로 자기 영역 확보.
(이 녀석, 대단한데)

九

가끔은 방 문을 닫아보지만….

_문을 닫고 있으면 어찌나 벅벅 긁어대는지 집중이 안 돼…

모처럼 친구들이 집에 놀러 오는 날.
혼자 보내는 시간이 더 많은 나에게는 무척 신나는 날이다.

오전부터 마트에 가서 장을 봐 왔다.
필요한 것만 산다고 샀는데
집에 돌아와서 테이블에 놓고 보니 재료가 한가득.

이날의 주종은 와인.
올리브와 마늘이 잔뜩 들어간 바질 펜네와 스튜.
이모네 텃밭에 감자가 풍년이므로
감자를 이용한 뭔가를 만들기로 했다.

채소를 씻어
준비해놓는 것만으로도 마음이 풍족해진다.
참 감사한 여름날.

토마토를 슥슥,
마늘은 촙촙,
감자는 탕탕.

친구들이 올 시간이 다가오고
음식들은 거의 완성이 다 되었을 때
'이제 빵을 잘라볼까?'

빵이 빠지면 섭섭하지.

덩어리 크게 몇 조각 잘라서
테이블로 옮긴다.

어라?!

제일 먼저 식탁에 달려와서 점프, 점프하고 있을
녀석이 거실 방석 위에 점잖게 엎드려 있다니!
평소답지 않게 왜 저기 저렇게 얌전히 앉아 있지…?

오 마이 갓!
"도대체 배가 왜 이렇게 부른 거야?"

핫! 그러고 보니 정말 깨끗했던 부엌.
나는 음식을 만들면 뒷정리할 거리가 많은 사람인데?

보리의 배가 왜 불렀는지
알아차린 건 그때였다.

손질한 재료들을 불 위에서 올려
한참 끓이고 볶는 동안

킁킁 냄새를 맡다가
쓱 다가와서

'이게 무엇이냐.'

냠름
냠름
냠름

코 밝고 식탐 많은 보리는
떨어진 채소 조각들을 입으로 옮겨 넣고 있었다.

나도 모르는 사이,
금세 빵빵해진 보리의 배.
(나는 도대체 얼마나 흘리는 걸까?)

'누가 오든 뭘 하든 나는 잠을 자겠어.'
내게 배부른 보리의 모습은 참 익숙하지만, 이날은 소화제라도 주고 싶었을 정도.

"띵동"
"아! 안녕…… 어서 들어와."
친구들이 제법 소란스럽게 들어왔음에도 불구하고 보리는 움직일 생각이 전혀 없다.

보리를 처음 본 나의 친구들.

"새끼 뱄어?"
"아, 아니거든."

_수컷이거든….

오늘도 나는 보리를 습관적으로 부른다.
"컴 히얼-"

열 살을 지나면서 반 인간이 된,
보리는 잠시 생각 중.

보리는 내가 부르는 소리에
뒤돌아서는 경향이 있다.

이리로 오라 하면 저기로 가는 아이.

하지만 내가 관심을 보이지 않거나
일에 열중할 때면 어느새 내 옆자리를 지킨다.

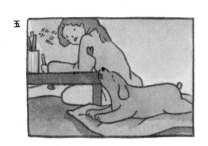

해가 머리 위로 떠오른 시각.
한참 내 세상에 빠져 있는 이 시간에는 방해받고 싶지 않다.

하지만 택배 배달 역시 한창인 시간대.
문 밖에서 들려오는 택배 아저씨의 박스 다루는 소리에
보리는 하울링으로 대답한다.

"쉿, 제발 조용히 해줄래? 계속 그렇게 울 거야?"

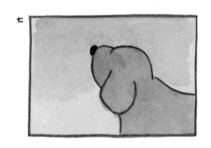

쉿, 하는 소리에 보리는
나를 쳐다본다.

아주 잠깐, 생각하는 반 인간.

그리고 다시 하울링.

"뭐가 문제야.
왜 안 하려고 했다가 하지 말라면 더해~?
왜 그래?"

"고개 돌리지 말고 요즘 왜 그러는 거야?
왜 하지 말라는 것만 그렇게 해?
청개구리야?
우리 얘기 좀 해. 왜 그래, 요즘."

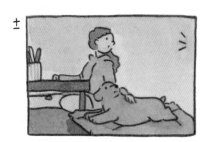

똑똑똑.

"넌 도대체 뭐가 문제야!
왜 이렇게 하지 말라는 짓만. 도대체 왜 그래?!"

흰 빨래를 얼룩덜룩 물들인 나의 까만 티셔츠.
범인은 역시 나.

十三

나를 굉장히 뚫어져라 쳐다보는…
시선이 느껴진다.

十四

하하하!
그래, 내가 누구한테 뭐라 할 입장은 아니지.

十五

보리는 엄마 따라서 거실로 총총총 따라가 버리고….

_겸상 못 하겠다는 것인가.

보리는 대부분의 시간을 누워 있거나 엎드려 있는데
늘 그런 것만은 아니다.
주변의 자그마한 소리에도 예민하게 반응하는 보리는
밖에서 들리는 소리에 굵직한 몸을 일으켜 굳이 가본다.

왜냐하면 베란다 밖에서 나는 소리의 정체가
바로 이 비둘기라는 걸 알기 때문이다.

지난겨울 외할머니에게 받은 옥수수를 죄다 뻥튀기로 만든 후
나는 뻥튀기 부자가 되었는데,
겨울철에 새들은 무얼 먹고 살까 걱정되는 마음에
베란다 난간에 뻥튀기를 조금씩 내어 놓았다.
그러자 두세 종류의 새들이 매일 비슷한 시간에 찾아왔다.
나는 그걸 보는 것이 꽤나 즐거웠다.

그런데 겨울이 다 가던 무렵 비둘기가 얼마나 영악한지,
보리가 온몸으로 골을 내고 짖어대면 날아가는 척하더니
더 가까이 다가와 보리를 야무지게 놀리고는 유유히 날아가는 것이다.
내가 듣기에도 거슬리는 일정한 데시벨의
'구구구구' 소리와 함께.

뻥튀기를 먹으려 내 앞에 모여드는 새가 신기하기만 하여
보리가 그리 흥분해 짖어도, 짖는 줄 몰랐다.
보리에게 이 비둘기는 꽤나 스트레스가 되었나 보다.

미안함 마음에 보리를 불러본다.

며칠 전 선물 받은 병아리 만주.
스르륵 풀어지는 심플한 포장지의 이 만주를 좋아한다.

보리는 쌓인 게 많았는지
한동안 만주를 쭉- 지켜보고 있었다.

생각해보면 나는 보리에게나 가까운 사람들에게나 늘 이래 왔던 것 같다.
여전히 나 좋아하는 것 앞에서 생각이 짧고,
너무 가까워서 못 보고 지나치는 것들이 있다.

보리를 쓰담쓰담 하고, 병아리 만주를 먹으면서
가까운 이들의 소중함에 대해 생각한다.
그리고 나의 무심함에 대해서도.

_무신경에 가까워.

요가는 나의 몇 안 되는 꾸준한 활동 중 하나.
평생 하고 싶은 일을 하나 꼽으라면 나는 주저 없이 요가를 꼽겠다.

장시간 앉아서 작업하는 일이 많은 나는
몸을 구석구석 움직여
온종일 웅크렸던 몸을 깨운다.

요가와 함께 빼놓을 수 없는 몇 가지는 바로,
세신과

발 마사지.

그렇다면 보리 역시,

마사지를 해주면 좋아하지 않을까 하는 생각에
누워 있는 시간이 긴 보리에게 매일 마사지를 해준다.

"나마스떼."

'오, 마사지 시간이군.'
보리는 이 시간을 좋아한다.
(아마도)

七

"자, 힘 빼세요~"

八

시작은 척추를 따라 지그시.

九

척추 부분 다음으로,

머리.
특히 보리는 청각에 예민하니 귀 근육 쪽을 공략한다.
보리의 표정은 오늘도 구름 위 탑승 완료.

미간 사이를 지압하는데 다리가 떨리는 육체의 신비.
미세한 진동이 느껴진다.

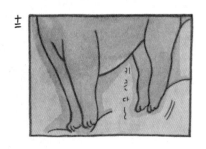

"오, 키 큰다. 키 큰다."
어린 시절, 외할머니가 내 팔과 다리를 쓰다듬으시며
불러주시던 '키 큰다' 노래도 떠오르고.

머리 얼굴 등을 훑고 지나가면 마사지 시간 종료입니다.

"자. 끝났어요. 눈 뜨세요."

새로 태어난 느낌.
마사지 베드에서 일어나면 머리는 언제나 엉망인 법.

"시원했어? 어때? 온몸에 피가 통하는 느낌이 들지?"

자, 고맙다고 말해.
어서. 고맙다고.

_물론, 생색은 냅니다만.

출퇴근 시간에 타는 지하철이라…
참으로 오랜만이네. 아마도 퇴사하고 처음이지 싶은데.

근데 원래 이렇게 숨쉬기도 힘들 정도로 사람이 많았었나.
답답해… 숨 쉴 수가 없는걸.

응?
보리?!

아니, 네가 왜?
왜 거기 있어!

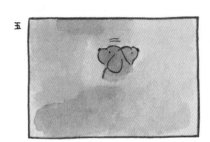

보리야!
어딜 보는 거야.
나 여기 있어!

나 여기 있어! 이쪽을 봐!
최보리!

아까부터 느낀 답답함이 온몸에 퍼진다.
있는 힘껏 소리를 질러도 소리가 퍼져나가지 않는 답답함.

잠깐만요! 저기요, 아저씨!
있는 힘껏 사람들을 밀치고 앞으로 나아가도 여전히 제자리.
아저씨! 걔는 제 동생이에요!
어디로 데리고 가는 거예요!
제가 보호자예요!
데리고 가지 말아요!

어디로 데리고 가는 겁니까아!
안 돼! 아저씨!

퉁퉁퉁퉁–
지하철 출입문은 내 앞에서 잔인하게 닫히고
아무리 소리 질러도 내 소리가 들리지 않는 거 같아…!

문이 닫힌 지하철은 내 앞에서 빠르게 멀어져 간다.
안 돼!!

나는 있는 힘껏 달리기 시작한다.
빨리 쫓아가야 해!

근데 너는 달리기를 잘 못할 텐데?
그래도 달려가야 해!
저 지하철을 따라가야 해!

어떡하면 좋아…
어떻게… 이대로 잃어버리면 어떡해….

다음 역이 나올 거 같지 않아.
너무 숨이 차….

어디 있니.
어디로 간 거니.
빨리 찾아야 하는데.

앗!

아아아앗!

기다려! 제발 기다려줘요.
기다려요!
사람이 왜 이렇게 많은 거야.
다들 물 먹은 쌀자루같이 움직여주지 않아.
너무 무거워. 그렇지만 나는 저쪽으로 가야 해.

아저씨!
아저씨!

하! 잡았다.
아저씨!

왜 자꾸 아까부터 안 들리는 척!
보리 돌려달라고요!

돌려…
줘…

심장이 탈출하여 입까지 올라와 있는 거 같았다.

"최보리! 너 잃어버리는 줄 알았잖아! 내가 너를 그렇게나 불렀는데.

어떻게 그렇게 나를 모른 척하고, 애나멜 아저씨랑 가버릴 수가 있어. 영영 잃어버리는 줄 알았잖아."

보리를 부둥켜안고 진심을 다해 푸념했다.

너무 놀랐고, 너무 소리를 질렀고, 너무 오래 달렸고, 너무 많이 울었다. 그리고 정말 서운했다.

나는 폭신폭신한 보리의 등을 만지며 아주 천천히 현실로 복귀했다.

너를 정말로 잃어버리지 않아 다행이야.

_근데 잠이 안 오는데요…

말도 안 되는 두통으로 시작해
온몸을 야구방망이로 잘근잘근 두드려 맞은 듯한
근육통이 찾아왔다.
(결국 독감으로 판명)

종일 누워 잠만 잤다.
배 속의 위가 사라지기라도 한 것처럼.
약을 먹기 위해 끼니를 때워야 한다는 사실이
(난생처음) 괴롭게 느껴졌다.

체온 조절 기능을 상실했는지

땀을 너무 많이 흘려
한겨울에 땀띠까지 덤으로 얻게 되었다.
하지만 뼛속까지 느껴지는 추위에 이불을 걷어 찰 수가 없었다.
내 몸이 온전히 내 것이 아니라는 비현실적인 감각만.

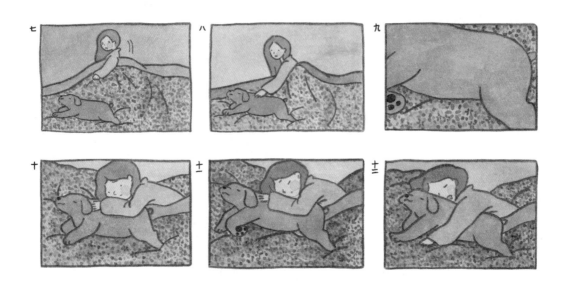

꼬박 삼 일을 자고 일어난 새벽. 여전히 온몸이 후들후들했지만,
허리 근육에 힘을 주어 일어났다.
씻고 싶었고 땀에 젖은 옷을 갈아입고 싶었다.
내 곁에는 보리가 잠들어 있었다.
잠든 보리의 등과 배를 쓰다듬어 보니 보리는 이런 느낌이었지 싶다.
마음속 깊은 곳으로부터 안심이 되는 녀석의 체온과 숨소리.
며칠 만에 처음으로 편안한 잠에 빠져들었다.

_너로 인해 잠들 수 있던 밤들에 감사하며.

얼마 전 방 정리를 하다가 오래된 박스 안에서
폴라로이드 사진첩을 발견하였다. 무려 다섯 권이나.
요즘은 핸드폰 카메라에 익숙해졌지만,
예전에는 어딜 가나 폴라로이드 사진기를 들고 다녔다.
오랜만에 보는 폴라로이드 사진은 꽤나 다정했다.

사진 속에서 흘러나온 보리와의 오래된 장면들.

보리가 우리 집에 온 지 얼마되지 않을 무렵, 한밤중에 들려온 소리.

냠냠냠- 찹찹찹-

짙은 어둠 속에서 어린 보리는 자기 똥을 열심히 먹고 있었다.

보리 이전에도 반려견과 오랫동안 함께했음에도 불구하고,

이게 꿈인지 현실인지 구별이 안 될 만큼 충격적이었다.

나는 생각보다 잠귀가 어두운 편이었고,

보리는 새벽마다 자기의 똥을 먹던 아이였다.

그날 이후 첫 번째 중요한 다짐 같은 걸 하게 됐다.

'밥을 단디 챙겨주자!'

보리가 소년이었을 무렵. 늘 활기차고 건강했던 보리.

날이 채 풀리지 않은 초봄, 가족 모두와 바닷가로 여행을 갔다.

'공 바라기'인 보리는 내가 던지는 공을 족족 물고 다시 돌아왔다.

'시시하게 던지지 말고 제대로 한번 던져봐' 하는 것 같은 보리의 표정을 보곤,

제법 세게 던졌는데 그만 공이 바다로 떨어져 버렸다.

바다를 처음 보았던 보리는 그곳의 정체를 알 턱이 없었다.

바다를 향해 기세 좋게 돌진한 소년 보리는

뜻밖의 추위에 '새우 등'을 하곤 그대로 굳어버렸다.

온몸으로 '매우 춥다!'는 제스처를 취했던 소년 보리.

지금은 통통한 노년의 보리가 코를 골며 곁에서 잠을 잔다.

보리는 나이가 들수록 편안하고 따뜻한 할아버지가 되어간다.

이 아이를 안 좋아했던 순간은 없었지만,

지금의 후덕한 보리를 그 어느 때와 비교할 수 없을 만큼 사랑한다.

등에는 평생 낫지 않을 피부병이 있고, 갑상샘이 좋지 않아 신경질을 자주 내고,

내가 부르면 별거 없는 줄 알고 이미 다른 데로 가버릴 준비를 하지만,

누구보다 내 옆을 지키며 한 사람 몫의 온도를 전해주는 보리.

나의 뚱뚱이, 나의 베스트 프렌드.

사랑한다.

_지금까지 보리의 이야기를 읽어주어 고마워요.

#너의 모든 순간, 내가 곁에 있을게_fin.

채소 물(혹은 디톡스 워터)

싱그러운 여름날에는 마트나 시장에 가는 일이 무척 신난다.

한가득 사 온 채소들은 샐러드로 먹거나 갈아서 먹을 수도 있지만,

이런 여름날에는 재료들을 송송 잘라 물에 풍덩풍덩 넣는다.

이렇게 먹으면 미네랄이 물에 녹아 채소의 좋은 성분을 쉽게 먹을 수 있다고 한다.

자몽과 당근, 상추, 방울토마토를 예쁘게 잘라 물에 넣고 냉장고에 넣어두었다.

그리하여 한여름, 나와 보리는 수시로 채소를 마셨다.

구운 가지

어릴 적부터 가지를 좋아하지 않았다. 보랏빛은 저리도 예쁜데 어쩜 이리도
매력 없이 흐물흐물한지. 그러나 지금은 다섯 손가락 안에 들 만큼 좋아하는 채소가 되었다.
아마도 구운 가지가 얼마나 매력적인지 알고 난 이후부터.
가지를 잘라 닭 가슴살과 함께 그릴에 굽는다. 양파나 감자 같은 것도 함께 구우면 좋다.
가지는 조금 찌글찌글해질 때까지 닭 가슴살은 노릇노릇해질 때까지, 바-싹 굽는다.
올리브유가 있다면 무심하게 두 바퀴 정도 휘리릭- 왠지 구운 야채들은 손으로 집어 먹어도
누구 하나 뭐라고 하지 않을 것 같다. 손으로 하나씩 집어 오물오물 씹어 먹으면
가지와 닭 가슴살의 고소함에 매번 반하고 만다.

삶은 감자와 모차렐라치즈

흙이 묻어 있는 작물들을 보면 비록 도심의 아파트에 살고 있어도
문 밖에 아주 무해한 땅이 펼쳐져 있을 것만 같은 느낌이 드는데, 나는 그 착각이 좋다.
언제나 순박하고 묵묵한 친구 같은 감자. 겉에 묻은 흙을 툭툭 털고 깨끗이 씻어
껍질을 벗겨내곤 탕탕- 몇 동강을 내어 삶는다. 다 삶은 감자는 보리 몫을 따로 덜어놓은 뒤,
한 손은 포크로 감자를 으깨고 다른 한 손으론 올리브유 두세 바퀴쯤 두른다.
그리스 어느 마을의 마음씨 넓은 아주머니가 된 기분으로 냉장고에 있는 모차렐라치즈 덩어리를 꺼내
두껍게 통통- 잘라 으깬 감자 위에 무심하게 올려놓는다. 잠시 뚜껑을 덮어놓으면 그것으로 완료.
감자는 호호 불어가며 먹어야 하는데, 성격이 급한 우리는 입천장을 데었는지도 모르겠다.
나는 확실히 데임.

아보카도와 밥, 간장

아보카도는 바나나와 마찬가지로 신문에 한 알씩 싸서 쌀통에 하루 이틀 넣어두면 고르게 잘 익는다.

그러면 바로 냉장고로 옮겨준다. 고르게 잘 익은 아보카도의 민트 색은 보는 것만으로도 건강한 느낌이 든다.

씨를 발라내 퉁퉁— 잘라 쌀밥 위에 얹고 계란 프라이와 간장까지 올리면 이보다 부러울 맛이 없다.

보리의 밥그릇에도 아보카도 한 줄 추가. 컴퓨터도 티브이도 켜기 귀찮고 핸드폰 들기도 싫을 때

(밥 씹는 것은 어찌 안 귀찮은지) 핸드폰을 다리 사이에 끼고 드라마를 보며 밥을 먹는다.

천국이 따로 없는 맛.

삶은 계란

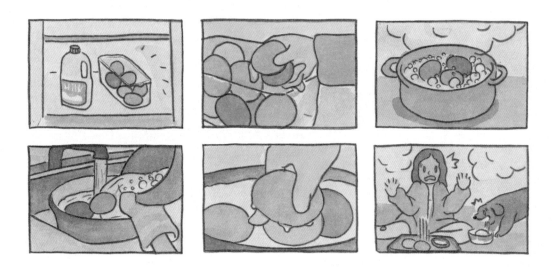

기분 좋게 냉장고를 열었는데 우유와 계란밖에 없는 날.

계란 두세 개를 칠 분 정도 삶으면 흘러내리지 않을 정도의 알맞은 반숙이 된다.

늘 배고픈 상태에서 삶아서 그런가. 계란을 삶을 때마다 왜 그렇게 초조해지는지.

땡! 하는 순간 팔팔 끓는 물을 신속하게 버리고 계란을 찬물에 담근다. 급한 마음에 계란을 꺼내면,

핫 뜨거워! 역시나 그렇게 빨리 식을 리 없는 계란. 계란 앞에서 급해지는 마음은 나나 보리나 똑같다.

달궈진 돌이라도 잡은 것처럼 황급히 떨어뜨리는 행동까지.

마늘과 토마토만 넣은 파스타

귀찮은 거, 재료 많이 들어가는 것도 싫지만, 레트로 음식은 더 싫다.

우선 면을 삶는다. 토마토는 물도 많고 살도 많아 특히 좋아하는 재료. 토마토 두 알 정도를 네 등분으로 탕탕-

마늘은 한 주먹. 어떤 음식이든 마늘이 많이 들었다고 불평한 적이 없다.

마늘은 어떤 음식에 들어가도 마늘만의 힘이 있다고 생각한다(나는야 마늘 맹신자).

올리브유를 두르고 재료를 넣고 불에 볶는다. 마늘이 노릇노릇해질 때까지.

이 두 재료만으로도 근사한 냄새가 난다. 토마토는 물의 힘으로 타지 않는다. 삶은 면을 넣고 함께 볶으면 끝!

보리의 밥그릇엔 토마토 반쪽 추가.

금세 다 먹고 나의 마늘 토마토 파스타를 넘보는 보리.

미안, 그건 내 밥이야!

두부와 브로콜리

이름에도 건강함이 깃들어 있는 듯한 두부와 브로콜리. 브로콜리는 작은 나무 모형 사이즈 정도로 뜯어 넣고
두부 역시 들기름 두른 팬 위에서 잘 으깬 다음 두 가지를 함께 볶는다. 취이이익-
들기름은 빠르게 타지만 괜찮다. 포도씨유도 함께 넉넉히 넣어주었으니까.
두부가 노릇노릇해지고 브로콜리는 조금 말랑해졌을 때 간장을 조금 넣는다.
다시 한번 취이이익- 소리가 났을 때 빠르게 휘리릭- 볶아주면 끝.
보리는 볶지 않은 생 두부와 살짝 데친 브로콜리를, 나는 구운 두부와 브로콜리에 간장을 곁들인다.
우리들은 같은 걸 먹는다. 좀비물을 보며. 어릴 적에 어른들은 밥 먹을 때 티브이를 보거나 책을 보면
화를 내셨다. 성인이 된 지금은, 밥 먹으며 티브이를 함께 볼 수 있는 자유를 획득하였다.

바게트와 계란 프라이

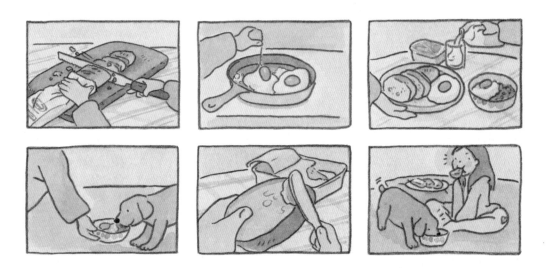

나는 바게트가 참 좋다. 심플하게 그저 '맛있다'라는 말이 딱 들어맞는다고나 할까.

서걱서걱- 무심하게 잘리는 느낌까지, 참 좋아. 바게트를 두어 조각 잘라놓고,

오일을 잔뜩 두른 팬 위에 계란을 올린다. 바글바글- 소리를 내며 익어가는 계란 프라이.

접시 위에 바게트 두어 조각과 계란 프라이를 함께 올리고 우유 한 잔을 콸콸 따라주면,

내가 애정하는 '상냥한' 한 접시가 완성. 아무것도 올리지 않은 순수한 바게트도 맛있지만,

가끔 무언가를 올려 먹는다면 꼭 크림치즈와 함께. 크림치즈는 뭐랄까 주연에 밀리지 않는 확실한 조연.

보리에게는 사료 위에 계란 프라이 한 개 추가. 보리는 사료 위에 계란 하나를 추가하는 것으로도

'만찬'을 즐길 줄 안다.

앞으로도 계속될 우리의 소박한 만찬을 기대하며.

내가 먹는 음식,

오후의 햇볕과 삶의 건강함,

그리고 늘 내 옆에 있어주는 너에게

감사하고

사랑하는 마음을 담아.

너의 모든 순간, 내가 곁에 있을게

나의 미라클, 나의 보리

관리 노신영

전략마케팅본부 최윤호 나길훈 이서윤 김지원

제작 신태섭

디자인 이영민

콘텐츠사업본부 고혁 송은하 김초록

책임편집 현미나

주간 이동은

지은이 최보람

펴낸이 김성구

1판 2쇄 발행 2020년 11월 30일

1판 1쇄 발행 2019년 8월 19일

펴낸곳 (주)샘터사
등록 2001년 10월 15일 제1-2923호
주소 서울시 종로구 창경궁로35길 26 2층 (03076)
전화 02-763-8965(콘텐츠사업본부) 02-763-8966(전략마케팅본부)
팩스 02-3672-1873 | 이메일 book@isamtoh.com | 홈페이지 www.isamtoh.com

ISBN 978-89-464-2109-7 03810

이 도서의 국립중앙도서관 출판예정도서목록(CIP)은 서지정보유통지원시스템 홈페이지
(http://seoji.nl.go.kr)와 국가자료종합목록 구축시스템(http://kolis-net.nl.go.kr)에서
이용하실 수 있습니다. (CIP제어번호 : CIP2019030031)

값은 뒤표지에 있습니다.
잘못 만들어진 책은 구입처에서 교환해드립니다.